LA PIECE

DE

CABINET,

Dediée aux Poëtes du Temps.

A PARIS,

Chez IEAN PASLE', au Palais, à l'entrée de la Salle
Dauphine, à la Pomme d'Or couronnée.

M. DC. XLVIII.

AVEC PERMISSION.

A MESSIEVRS
LES POETES.

MESSIEVRS,

 Cette Piece de Cabinet ne s'eſtime pas indigne de l'entrée des vôtres , & pretend quelque place parmy les curioſitez d'eſprit dont ils ſont enrichis. C'eſt vne Bouteille qui parle , & qui raiſonne, eſtant pleine de ce qui fait faire raiſon à la ſanté des plus grands Princes , d'vne maniere bien plus douce que leurs canons, que l'on nomme leur derniere raiſon , ne la font faire à leur puiſſance. Et bien qu'elle ne parle qu'en gazoüillant, elle ne laiſſe pas d'exprimer aſſez adroitement ſon origine , & les effects de la plus digne liqueur qui luy puiſſe acquerir de l'eſtime ; s'en acquitant neantmoins vn peu obſcurement, pour cacher ſes myſteres au vulgaire indiſcret, qui a couſtume de les profaner. Elle merite ſingulierement d'eſtre conſiderée, lors que comme vne autre Semele, elle porte dans ſes flancs ce gentil Dieu de la ioye, & de la liberté, dont il a tiré ſon nom, à qui les plus seueres Catons n'ont pas refusé leurs hommages, quand ils vouloient délasser leur esprit du soin des affaires publiques, ou du chagrin d'vne trop profonde meditation. Elle n'a que des charmes innocens pour les honestes gens qui en vsent de mesme, & n'est pas complice des excez que commettent les brutaux quand ils abusent de ses dons, que l'on compte entre les principaux lenitifs des miseres humaines. L'Auteur de cette piece, qui ne vous est pas inconnu, se promet tant de vos bontez, qu'il s'asseure que l'adresse qu'il vous en fait, ne vous sera pas déplaisante, & que vous agréerez la veneration qu'il voüe à vos belles qualitez par celle qu'il prend,

MESSIEVRS,

De vostre tres humble, & tres-
obeyssant seruiteur,
CARNEAV.

LA PIECE
DE
CABINET.

STANCES ENIGMATIQVES.

VOVS qui par le nectar de vos doctes mer-
ueilles
Adouciſſez le fiel des plus faſcheux ennuis,
Prenez le paſſe-temps d'entendre qui ie ſuis,
Et preſtez à ces vers le cœur & les oreilles.

Ie nais d'vn fort braſier & d'vn ſoufle traitable,
Et j'enfante ſans peine vn fruit qui tient du feu,
Qui par de vifs attraits s'acquiert vn doux aueu
Pour forcer le donjon de l'Ame raiſonnable.

I'ay fort peu de beauté, quoy qu'on me treuue belle,
N'ayant rien que le ventre & la bouche & le cou:
Toutesfois mon amour rend tant de monde fou,
Qu'aux plus paiſibles lieux il ſeme la querelle.

B

Pour sauuer des dangers le tresor que ie porte,
Vn art industrieux m'arme iusqu'au gosier:
Vne belle tissure ou de ionc ou d'osier,
Compose mes habits de differente sorte.

⁂

L'on me void iusqu'au cœur quand ie suis toute nuë,
Et l'œil qui me regarde, en moy mesme se peint;
Mais si dans cet estat quelque estourdy m'atteint,
Souuent du moindre choc il me brise & me tuë.

⁂

Ie me plais neantmoins où ie suis harcelée,
M'y voyant à la fin tout le monde soumis:
Ceux que ie mets à bas, sont mes meilleurs amis,
Et par fois nous tombons ensemble en la meslée.

⁂

Chez eux souuent ie meurs, souuent ie ressuscite,
Perdant cent fois mon sang, le recouurant cent fois;
En me caressant trop, on se met aux abois,
Et plus ie fais de mal, d'autant plus on m'excite.

⁂

Ie sçay comme Circé, l'art de metamorphose,
Pour transformer l'esprit de tous mes Courtisans,
Les rendant furieux, ou brutaux, ou plaisans,
Selon que le climat, ou l'humeur les dispose.

⁂

I'anime l'Eloquence, & n'en suis pas pourueüe;
Si l'on m'entend parler, ce n'est qu'en vomissant;
Mes trop frequens baisers rendent l'homme impuissant,
Et font errer ses pas en égarant sa veüe.

D'vne humeur sans pareille vn Dieu m'emplit le ven-
Le teignant tour à tour des aimables couleurs   (tre,
Dè la rose & du lys les plus belles des fleurs :
Et le rouge & le blanc sont chez moy dans leur centre.

Le paiure me tenant quand ie suis ainsi pleine,
Ne porte point d'enuie aux tresors de Crœsus,
Et traisnant des souliers, & des bas descousus,
Il marche auec orgueil comme vn grand Capitaine.

Auec mon elixir, le plus lasche courage
Triomphe quelquesfois des plus braues Guerriers ;
I'ay des foudres pour nuire aux plus dignes lauriers,
Et pour faire vn affront à leur illustre ombrage.

Sans moy ce Dieu fougueux qui preside à la Guerre,
Verroit ses gens sans cœur errans à l'abandon ;
Et ce doux Assassin qu'on nomme Cupidon,
Verroit ses traits sans moy plus fresles que du verre.

On void fort peu la ioye aux lieux d'où ie m'absente,
Et l'on void la Sagesse où ie n'excede pas ;
Ie preste à celle-cy quelquesfois des appas,
Animant ses raisons d'vne emphase puissante.

Caton, à ce qu'on dit, recherchant quelque pointe
Pour attirer les cœurs à suiure ses discours,
La faisoit mieux paroistre, & de mise & de cours
Quand ma bouche s'estoit à la sienne conjointe.

Ie me fais estimer la dixiesme des Muses
Polissant les esprits sans beaucoup de façons;
Et les moindres Bergers font admirer leurs sons
Quand mon enthousiasme enfle leurs cornemuses.

Ie montre aux plus grossiers vne amitié prodigue;
M'admettant à leur table ils joüissent de moy;
Là ie leur fais mesler tout à la bonne foy
Aux gazettes du temps cent contes de la Ligue.

Ie leur fais estaler d'vne grace authentique
Les guerres du passé, les sieges du present,
Et leur fais penetrer en les subtilisant,
Les desseins du futur par esprit prophetique.

Mais les ingrats pour moy n'ont qu'vne amitié feinte,
Puis qu'ayant espuisé mon sang & mes espris,
Ils ne me voyent plus qu'auecque du mespris
Tant que d'vn nouueau fruict ie redeuienne enceinte.

En effect, sans ce fruict ie serois peu de chose,
Et n'aurois pas sujet de beaucoup me vanter;
Mesmes il pourroit bien dans mes flancs se gaster
Si l'on ne m'ordonnoit d'auoir la bouche close.

Ie ne suis que la gaine où ce glaiue liquide
Recele sa valeur & cache sa beauté:
Tant qu'il loge chez moy, i'ay de la vanité;
Lors qu'il en sort, ie pleure, & deuiens toute aride.

Ie

Ie porte en le portant , poiſon, & medecine,
Selon que l'abus regne , ou la diſcretion ;
Debitant le remede , & la corruption,
J'offenſe , & ie gueris la teſte & la poitrine.

❦

C'eſt par luy qu'on me loüe, & que l'on me careſſe ;
Luy ſeul fait que mon nom eſt par tout reueré ;
Et que tant de mortels d'vn accent alteré
M'inuoquent au beſoin , comme quelque Deeſſe.

❦

Le Voyageur laſſé , l'Artiſan hors d'haleine,
Et le Soldat recreu s'empreſſent pour m'auoir,
Sçachans que mon genie a l'excellent pouuoir
De reſueiller la force , & d'adoucir la peine.

❦

S'il faut faire vn marché , l'on veut que ie m'en méle ;
S'il s'agit d'vn contract , i'en conduis les reſſors ;
Si parmy les plaideurs il ſe fait des accors,
Pour les mieux affermir il faut que ie les ſeele.

❦

Le malade en ſon lict où la fiévre le mate,
Et le tient attaché d'vn rigoureux lien,
Souuent pour m'aborder rebute Galien,
Et priſe plus mon nom que celuy d'Hipocrate.

❦

Pluſieurs pour m'accueillir me font des ſacrifices
De langues, de jambons, de fromages pourris,
Où l'on n'oit que mots gras entremeſlez de ris,
Et les plus doux encens n'y ſont que des eſpices.

Tout ce que la débauche a pris pour ſes amorces,
Ces fuſils de la ſoif, ces ragouſts parfumez,
Par qui les inteſtins ſont enfin conſumez,
Donnent à mes attraits de merueilleuſes forces.

Ɩ'ay par tout du renom, horſmis chez ces infames,
Dont ɩ'orgueil s'eſt armé des cornes du Croiſſant :
Qui pour me teſmoigner vn cœur meſconnoiſſant ,
Sont traiſtres à leurs corps auſſi bien qu'à leurs ames.

Ie triomphe en ces iours qui rameinent les feſtes
De ce folaſtre Dieu que l'on feint deux fois né,
Qui ne portant qu'vn dard de pampre enuironné,
Fit voir aux Ɩndiens ſes premieres conqueſtes.

Ie n'ay pas moins d'honneur lors que la Canicule
Reſpandant ſes braſiers iuſqu'aux lieux plus ſecrets,
Fait que Diane ſuë aux plus fraiſches foreſts,
Et craint que Cupidon s'y gliſſant ne la brûle.

Alors mes bons amis prennent beaucoup de peines
Pour eloigner de moy les rayons du Soleil,
Et penſans m'obliger d'vn plaiſir nonpareil ,
Ils me font vn beau lict du criſtal des fonteines.

Flotant autour de moy cet element m'agrée,
Mais ie ſouffre à regret qu'il penetre au dedans,
Parce qu'il rompt la pointe à mes boüillons ardans,
Dont vn cœur abatu s'éueille & ſe recrée.

Sa froideur me priuant de chaleur naturelle,
Priue mes nourriſſons de mes riches douceurs,
Qui rauiſſent la gloire au ruiſſeau des neuf Sœurs
En eſchauffant l'eſprit d'vne fureur plus belle.

Mais quand les inteſtins debiles ou malades
Se ſentent menacez de quelques maux ſanglans,
Pour moderer le Dieu que ie porte en mes flancs,
On me contraint par fois d'admettre les Nayades.

Ie ne ſçaurois pourtant treuuer bon ce meſlange,
Aimant mieux tenir ſeul ce Dieu qui me cherit,
Et fait qu'en tant de lieux tout le monde me rit,
Que tous les flots dorez du Pactole & du Gange.

Son odeur preferable au doux parfum des roſes,
Sçait donner à ma bouche vn baume precieux,
Pour qui les Dieux d'Ouide abandonnent les Cieux,
Et font de meilleurs tours qu'en ſes Metamorphoſes.

Ils quitent le nectar que verſe Ganymede,
Pour celuy que l'on gouſte en mes baiſers charmans ;
Meſmes ce Iupiter le plus chaud des Amans,
Contre le mal d'amour cherche en moy du remede.

Apollon degouſté des liqueurs du Parnaſſe,
Qui n'eurent qu'vn cheual pour premier eſchanſon,
M'appelle quand il fait quelque bonne chanſon,
Et pour bien entonner, ardemment il m'embraſſe.

Cette eau de Castalie où l'on deuient Poëte
N'inspire à ses poumons qu'vn accent enrumé :
Mais quand il me courtise il se sent animé
D'vn air qui rend sa voix plus diuine & plus nette.

Les mignons de ce Dieu font par moy des miracles,
Et me doiuent l'honneur de leurs plus beaux desseins ;
Ma feconde vertu les produit par esseins ;
Et mon gazoüillement leur dicte des oracles.

C'est erreur de penser que dans la Poësie
L'on puisse reüssir à moins que de m'aymer ;
Tous ceux que mes appas ne peuuent enflammer
N'ont iamais qu'vne veine infertile & moisie.

Ce Lyrique excellent de la Muse Romaine
Que Mecene appelloit le Pindare Latin,
Eust-il pourueu ses vers d'vn si fameux destin
Si ma douce fureur n'eust enrichy sa veine ?

Si tost que son esprit sentoit la pituite
Offusquer tant soit peu ses nobles fonctions,
I'accourois au secours de ses conceptions,
Dont il m'attribuoit la gloire & le merite.

Fuyant la medecine, & ses plus sçauans Maistres
Qui m'esloignoient de luy pour conseruer ses yeux,
Il iugeoit leurs auis, sots & pernicieux
De nuire au bastiment pour sauuer les fenestres.

Le

Le copieux Ronsard, l'industrieux Iodele,
Le graue du Bellay, l'agreable Baïf,
Le tragique Garnier, & Belleau le naïf
Me consultoient souuent comme Oracle fidele.

Desportes m'inuitoit à ses mignards ouurages;
L'entretenois Bertaud dans ses diuins élans:
Et pour faire des vers plus forts & plus coulans,
Du Perron me mandoit par quelqu'vn de ses Pages.

Pour loüer vn Vainqueur tout couuert de trophées,
Pour descrire vn Amant nageant dans les plaisirs,
Et pour sonder vn cœur iusqu'aux moindres desirs,
Mon odeur seulement les rendoit des Orphées.

Malherbe fut apres des premiers de la liste
De ceux que i'ay placez parmy les Demi-Dieux,
Et si ie ne poussois mon charme dans ses yeux,
Il n'en voyoit aucun dans les yeux de Caliste.

Racan, Maynard, Gombault, S. Aman, Theophile,
Corneille, Scudery, Tristan, Mertel, Rotrou
Ont plus puisé chez moy de tresors par vn trou,
Qu'Ilion n'en perdit cessant d'estre vne ville.

Par moy Faret, Beys, Colletet, Bensserade,
Des-marests, Mareschal, sainct Alexis, du Rier,
L'Estoile, Maistre Adam, Robinet, Pelletier
Auoisinent les Cieux d'vn autre air qu'Encelade.

Ce Malade plaiſant , dont la folaſtre verue
Diſpute le laurier aux plus ſages Autheurs,
Cet aimable Scaron eſt de mes amateurs,
Et pour me courtiſer il quitteroit Minerue.

❧

Lyſis, quoy que Prelat, & Carneau quoy que Moine,
Lors que leur veine cede à quelque infirmité,
Cherchent pluſtoſt en moy la perle de ſanté,
Qu'aux boüetes de cené, de caſſe , & d'antimoine.

❧

Tous ces Heros du temps , dont les rares genies
Tiennent ce que les Arts ont de riche & de beau ,
Ne pourroient pas ſauuer leurs œuures du tombeau ,
Si ie ne gouuernois leurs doctes harmonies.

❧

Ie ſuis vne des clefs du Temple de Memoire,
Ie l'ouure aux bons eſprits qui m'aiment ſobrement,
Et le ferme aux brutaux qui viuent ſalement ;
Comblant ceux-cy de honte , & les autres de gloire.

❧

Ie declare la guerre à la melancolie,
Et fais leuer le ſiege à ſes illuſions,
Pour remplir le cerueau de belles viſions
Qui donnent de l'eſclat à ma douce folie.

❧

Que ie ſuis obligée à cette illuſtre plante,
Qui me fait renommer par ſon fruict ſauoureux,
Et que ie veux de bien à ce Pilote heureux
Qui logea tout le Monde en ſa maiſon flotante !

Ce Vieillard fut prudent de le mettre en vsage
Descouurant le secret d'en faire vne liqueur,
Pour se vanger des maux d'vn Element vainqueur,
Et dissiper l'ennuy d'vn general Naufrage.

Sans ce fruict ie serois ainsi qu'vn corps sans ame,
Qu'vne ame sans esprit, qu'vn esprit sans raison,
Qu'vn debile arbrisseau planté hors de saison,
Et qu'vn fidele Amant eloigné de sa Dame.

C'est par luy que ie regne, & regis les puissances
De l'Homme, qui se dit le Roy des animaux ;
Par luy ie suis l'arbitre & des biens & des maux,
Des noises & des ris, des combats & des danses.

Sonnet sur le mesme sujet.

QVand par vn double effort d'adresse & de courage
  Promethée enleua du haut du Firmament
Ce qu'auoit de plus pur le plus noble Element,
Afin de donner vie à sa nouuelle image :

  Il vid proche d'vn muid plein de fort bon breuuage
Bacchus tout ieune encore estendu plaisamment,
Assoupy de vapeurs, ronflant profondement,
Sans soucy des mortels, & sans crainte d'outrage.

  Luy, voyant qu'il pourroit, sans troubler son repos,
Le prendre adroitement, l'emporta sur son dos,
Et pour luy preparer vn sejour qui fust leste,

  Il façonna mon corps comme vn Ciel portatif,
Clair, poly, transparent ainsi qu'vn corps celeste,
Pour y garder chez luy cet Illustre Captif.

PERMISSION D'IMPRIMER.

IL est permis à Iean Paslé, Marchand Libraire à Paris, d'imprimer ou faire imprimer, vendre & debiter vn Poëme intitulé, LA PIECE DE CABINET, composé par le sieur CARNEAV, auec defenses à tous Imprimeurs, Libraires & autres, de quelques qualitez & conditions qu'ils soient, de l'imprimer, ny contrefaire, à peine de trois cens liures d'amende, confiscation des exemplaires, & de tous despens, dommages & interests. Fait ce 14 May 1648.
                     Signé, DAVBRAY.

www.ingramcontent.com/pod-product-compliance
Lightning Source LLC
Chambersburg PA
CBHW051455060726
47596CB00006B/2786